## 赫米兔工坊

曾發行《迷霧國度》、《星際夥伴》等系列遊戲，
致力於拓展遊戲這門新興藝術的可能疆域，期望透
過富有故事和文化蘊含的泛娛樂創作，讓世界看見
這片土地的人與文化。

赫米兔工坊團隊 & 《迷霧國度》遊戲粉專
https://www.facebook.com/mythofmist/

🔍 迷霧國度

## 沈斑

對遊戲與藝術有著極高熱愛，東西方的文化皆有愛
好更喜歡文化碰撞出的新視覺與飽富情感的故事。
除了正職的遊戲美術以外勇於嘗試各樣美術工作，
目前著迷京劇與業餘刺青、籌備個人原創作品集。

更多消息可以關注我緩慢更新中的個站：
https://sinkban.weebly.com

## 廖之韻

作家與詩人。大腦過動的雙子座。持續熱愛繪本。
寫有小說、散文、現代詩集等等。

# 庫特的毛線時光

─ 迷霧國度故事集 ─

庫特是一個編織家庭裡最小的孩子，
大家都好愛好愛他，常跟他一起玩、一起說話。

庫特的每一天都過得很開心。

然而，當庫特漸漸長大，
他發現其實大家都有其他
事情要做，無法每一分
每一秒陪在他身旁。

庫特突然變得
好孤單、好寂寞。

他想了一個辦法。

他畫出一張設計圖，可以讓大家一起編織地毯。

這樣子，他就不是一個人了。

但是，大家都說：「好忙呀！我們等一下再玩好不好？」

爸爸、媽媽、奶奶、叔叔，還有朋友們都說沒時間陪他。

他們給了庫特一顆又一顆的毛線球，要他自己玩。

庫特抱著堆成小山的毛線球，覺得好委屈，忍不住大發脾氣。

「你們只顧著忙自己的事，都不愛我！
哼！我一點也不在乎！我討厭你們！」
庫特氣得大吼。

他故意把毛線拉得亂七八糟，
還用力踢了毛線球一腳。

毛線球滾呀滾呀，滾出了村子，滾進了沒人去過的森林。

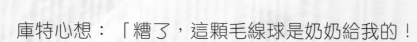

庫特心想：「糟了，這顆毛線球是奶奶給我的！
　　　　　雖然她好忙沒辦法陪我，我還是要把毛線球找回來。」

庫特緊張的追著毛線球進入了森林裡。

幸好被拉出的毛線尾端勾在草叢上，
毛線球才沒有愈滾愈遠。
找到毛線球的庫特鬆了一口氣，
卻聽到不遠處傳來無助的呼喊聲。

那聲音說：「誰來幫幫我？我一個人在這裡……」

庫特往聲音的方向走去。

為了避免迷路，
聰明的庫特把毛線球拉出一條線勾在旁邊樹上，
自己則抱著毛線球往前走，
這樣等回來的時候只要跟著線就不會迷路了。

才走幾步，
庫特發現了一個毛線人被自己身上的毛線卡在樹枝上。

「咦？你是誰？」
庫特好奇的問毛線人，但毛線人不回答。
直到庫特幫他解開纏繞的毛線，
毛線人才說：「我叫莫斯達。」

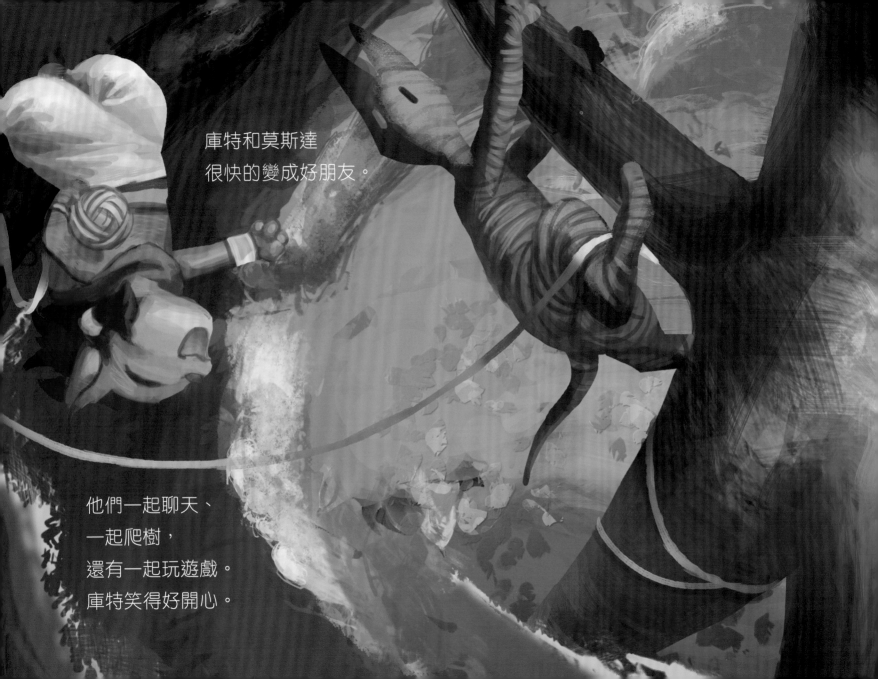

庫特和莫斯達
很快的變成好朋友。

他們一起聊天、
一起爬樹,
還有一起玩遊戲。
庫特笑得好開心。

玩了好一陣子後，莫斯達說該回家了，跟庫特說再見。
庫特想起家裡的人都沒有空陪他，有點兒不想回家。
莫斯達知道庫特的情況後，便邀請庫特跟他一起回毛線人的村莊。

庫特看了森林入口一眼，

心想：「反正大家都不理我，那我也不要他們了。」

於是，他抱著毛線球跟莫斯達一起往森林的另一頭走去。

「哇，這是什麼？」

穿過森林，出現一座特別巨大的捲線器，
而且捲線器的上半部似乎在很高很高的
天空裡被迷霧層層繚繞著。

庫特從來沒見過這樣的東西。

莫斯達向庫特介紹：
「這裡就是我們的村子。」

進到村子裡，
果然每個人都是毛線做的！

莫斯達帶著庫特參觀一切，
介紹庫特跟大家認識。

村子裡的人都很喜歡庫特，
要庫特一起來縫紉、摺紙、畫畫、算數、說故事，還有運動……
天啊！好多好多的事情等他一起做、一起玩呢！

但是，由毛線做成的毛線人似乎
不需要休息，時時刻刻都有人來
找庫特做這做那的，
讓庫特愈來愈忙，也愈來愈累！

庫特為了喘口氣，只能像爸爸、
媽媽、奶奶、叔叔那樣，
把一小段毛線塞給對方，說：
「我晚點再陪你玩！」

就在庫特忙著陪大家時，
莫斯達不見了。

庫特一邊分毛線給其他人，
一邊四處尋找莫斯達。

終於，庫特在毛線人村子口的森林裡，
找到了採完果子回來的莫斯達。

庫特好開心，但也忍不住問莫斯達：
「為什麼剛剛不跟大家一起玩呢？」

莫斯達陪著庫特坐下來，說：「有時候我跟他們一起玩，但有時候也想要自己做些事情。
如果都跟大家在村子裡，我也不會在森林裡遇見你了呀！
也因為有不在對方身邊的時候，所以我們互相陪伴的時光才更精采。」

莫斯達的身體漸漸發出亮光，身上的毛線被毛線人
村裡的大捲線器往村莊捲回去，他說：
「庫特，太晚了，我該回去了！你也該回家人身邊。」
庫特緊緊抱著莫斯達，捨不得他離開。

但這麼晚了，庫特也不能跟莫斯達回去。

莫斯達將身上
的一小段毛線
給庫特，說：

「我們來交換毛線吧！
這樣就像我在你身旁，
你也在我身旁。我們就
不會忘記彼此了。」

交換毛線後，莫斯達被捲線器捲回了毛線人的村莊，
而庫特也順著之前沿路放的毛線走向森林出口。

「我回來了！」
庫特在星星浮現的時候回到了家，
一眼就見到守候在門口的媽媽。

媽媽問庫特去了哪裡，
庫特便將遇見莫斯達的事情告訴了媽媽。

進屋後，
庫特發現大家都在客廳裡
按照他的設計圖一起編織地毯。

庫特眼神一亮：「原來你們都聽進去了我的計畫！我也要趕快來一起編。」

不僅是跟最親愛的家人朋友編織同一塊地毯，
庫特還特別將莫斯達送的毛線也一起編了進去。

過了幾天，地毯終於編好了。
媽媽將它送給了庫特，又去忙別的事。

回到自己的房間，
庫特躺在這塊地毯上被陽光照射的一角，
想著大家還有莫斯達。
想著想著，漸漸想睡了。庫特安心地閉上眼睛。
他知道雖然自己喜歡有人陪，
但是一個人的時候也可以很好、很好。

就像現在一樣。

小文藝 008

# 庫特的毛線時光：迷霧國度故事集

原案：赫米兔工坊
圖：沈斑
文字：沈斑、廖之韻
美術設計：Akira Chou

發行人兼總編輯：廖之韻
創意總監：劉定綱
執行編輯：周愛華
企劃編輯：許書容

法律顧問：林傳哲律師 / 昱昌律師事務所

初版：2018 年 10 月 29 日
ISBN：978-986-97055-1-6
定價：新台幣 300 元

出版：奇異果文創事業有限公司
地址：台北市大安區羅斯福路三段 193 號 7 樓
電話：（02）23684068
傳真：（02）23685303
網址：https://www.facebook.com/kiwifruitstudio
電子信箱：yun2305@ms61.hinet.net

總經銷：紅螞蟻圖書有限公司
地址：台北市內湖區舊宗路二段 121 巷 19 號
電話：（02）27953656
傳真：（02）27954100
網址：http://www.e-redant.com

印刷：永光彩色印刷股份有限公司
地址：新北市中和區建三路 9 號
電話：（02）22237072